정재황 시집
당신은 꽃

국립중앙도서관 출판시도서목록(CIP)

당신은 꽃 : 정재황 시집 / 지은이: 정재황. — 서울 : 지구문학,
2017
  p. ;   cm

ISBN 978-89-89240-29-7 03810 : ₩9000

한국 현대시[韓國現代詩]

811.7-KDC6
895.715-DDC23   CIP2017011945

정재황 시집

당신은 꽃

지구문학

시집을 내며

해가 뜨고 지는 동안
바람이 불고 자는 동안
제 마음 속에서 꿈이 움텄습니다.
그 꿈이 자라서
아름다운 꽃이 되었습니다.

그동안 저의 서툰 솜씨로 빚어진 것들을
이제 한 데 묶으렵니다.
가슴에 꼬옥 안아보렵니다.

꽃길 살펴주신 김시원 선생님과
해설을 달아주신 평론가 이수화 선생님께
깊은 감사를 드립니다.

2017년 5월

정 재 황

차례

제 1 부 낙엽을 밟으며

제 2 부   꽃섬의 추억

차례

제3부 부 여기는 슬픈 팽목항

제4부 오래 된 편지

차례

제 **5** 부   **칸쿤의 해변**

제 1 부

낙엽을 밟으며

매실을 담그며

바구니에 수북한
푸르디 노란 씨알들
다듬고 씻긴 얼굴들이 생글거린다

눈보라 속에서도 꽃을 피워내더니
청아한 열매로 다가왔구나
매서운 바람에도
빛깔은 내주지 않았구나
추위에 살을 에이면서도
향기는 꼬옥 움켜쥐고 있었구나

이제 한동안
독 속에서 꿈을 꾸겠지
누군가를 위하여 몸을 사르겠지
정성껏 두 손에 담아 옮길 때
전해 오는 감촉이 짜릿하구나
신의 손길인 듯
따스하구나

낙엽을 밟으며

가을이 무르익던 날
낙엽 쌓인 숲길을 걷는다

바람의 작은 손짓에도
주저없이 뛰어내리는 낙엽들
향기를 건네며
대지의 품에 안긴다

싱싱하고 푸르렀던 시간
꽃이었고 하늘이었던 시간
애쓴 삶 다하고
노을빛으로 사라지는 것들
떠날 때를 알고 가는 것들

해 저무는 지금 나에게 묻노니
내가 낙엽일 수 있다면
나는 얼마나 푸르렀는가?
뒷모습은 얼마나 향기로울까?

꽃이 나에게 말하네

꽃이 나에게 말하네
웃으라
웃으라 하네
이 찬란한 봄날
하늘이 웃고
땅이 웃는 봄날
활짝 웃으라 하네

꽃이 나에게 말하네
웃으라 하네
흐려도 비와도
웃으라 하네
넘어져도 웃고
아파도 웃으라 하네

꽃이 나에게 말하네
웃으라
웃으라 하네
절벽에 매달린 꽃이
웃고 있네

당신은 꽃

- 회갑 맞은 아내 최윤순에게 드리는 글

이른 봄, 두메산골에서 피어난
한 송이 꽃
꽃들과 뛰놀며 꽃내음 먹고 자란
당신
'난, 시집가서 고운 한복에 자가용 타고 친정 오고 싶다'
했다던 산골소녀
작은 꽃처럼 예쁜 꿈을 꾸었던
당신

삼십오 년 전 어느 봄날
고운 자태로 내게 다가와
나의 빈손을 잡아주었던
당신
그때부터 당신은
내 정원의 꽃이 되었습니다

나의 아내로, 두 아이의 어머니로
한 길로 피어온 당신
우리의 따스한 밥이 되고, 옷이 되고, 집이 되어준

당신
바쁜 걸음 쪼개어 목마른 이들에게 앎의 기쁨을 주어온
당신
봄볕만 있었으랴
소나기와 매서운 바람은 없었으랴
때론 칡넝쿨보다도 질기게, 때론 무쇠보다도 강하게
피어온 당신
당신의 걸음이 나의 길이기에
당신의 웃음, 눈물, 아픔, 모두
내겐 소중한 꽃입니다

보잘것없는 나에게도 늘
마음속의 자랑으로 피어 있는 당신
이제 삶의 궤도를 한 바퀴 돌아와
그윽한 눈으로 뒤를 바라보는
당신
지나온 자국마다 서린 무수한 이야기가
흰 머리칼과 주름으로 넉넉해져 가는

당신
그러한 당신이기에
오늘은 더욱 아름다운 꽃입니다

살아갈수록 사랑스런 나의 꽃이여!
함께한 인연이 고맙고
그 세월이 감사합니다
당신에게 바란다면
지금은 그리 길지 않은 오후
당신의 시간으로 채워가길 바랍니다
주름은 늘어도 영혼은 늘 청춘이길 바랍니다
남을 보기보다 자신을 살피고
세상의 말보다 자연의 소리에 귀 기울이길
그리하여 더 맑고
고운 향기로 익어가길 빕니다

사랑스런 나의 꽃이여!

2016년 3월 4일 (음, 1월 26일)

국화 한 그루

국화 한 그루
약국 문을 열고 들어왔다
단정한 차림으로 다가온 국화 한 그루
가을들판을 몰고 왔다
곱게 앉아 생글거리는 작은 얼굴들
웃을 때마다 한 모금씩 가을을 뱉는다
드나드는 손님들, 둘러싸인 약藥들이
일제히 코를 쭈욱 내민다
공간에 가득 차오르는 가을
저 작은 몸짓에
콘크리트 벽이 녹아내린다

어느 봄날

- 2012년 아내의 56번째 생일을 축하하며

양지바른 산비탈, 진달래꽃
수줍게 얼굴 붉히던
그 날

묵은 담장, 개나리꽃
노란 너울로 춤추던
그 날

먼 들판, 아지랑이
아련한 사랑 속삭이던
그 날

내 빈자리, 그리운 여인
화사한 자태로 다가오던
그 날

^^^봄노래로 다가온 당신
늘 푸르게 피어나소서^^^

응답하라, 2014

– 태백산에서 환갑의 첫해를 만나다

2014년 첫날 새벽
태백산太白山을 오른다
태고太古의 순수가 충만한 이곳
60년 전 나를 보낸
갑오甲午의 해를 만나러
태백산을 오른다

해의 고향을 향하여
동東으로 동으로 달려온 땅
산중山中은 어둠에 깊고
하늘엔 별이 생생하다

해를 기다리는 어둠
첫해를 만나려는 사람들
이마에 별 하나씩 달았다
산을 오름은
세상에서 멀어지는 것
하늘 가까이 다가가는 것
그래서 하늘과 만나는 것
구불구불 오르는 산 길
소망으로 물결친다

깊은 눈 속에 발 묻은 나무들
빽빽이 서서 시린 몸을 비빈다
나무마다 봄을 품고 있다
추위를 겪어야 꽃이 핌을 이들은 안다
발을 떼어도 길은 멀고
숨은 더욱 찬다
오를수록 눈ᅟ은 깊고
바람은 날을 세운다

내가 가는 길
아버지가 가는 길
지아비가 가는 길
......
누구도 편한 걸음은 없다
미끄러지지 않고 넘어지지 않으려고
그래서 다치지 않으려고 애쓸 뿐이다
이런 걸음 이어져 길이 되고
이런 숨 가쁨이 역사가 되었을 것이다
걸음은 진지하고
모든 길은 위대하다
'눈밭을 걸을 때는 함부로 걷지 말라.
네가 남긴 발자국이 뒷사람의 이정표가 될지니…'

산마루에 이르러 어둠은 걷히고
동쪽 하늘은 출산出産을 서두른다
어느새 주목朱木이 손을 내민다
천 년을 살아온 주목들

바람에 마른 몸이 쇳덩이처럼 단단하다
닳아버린 몸을 시멘트로 메운 나무도 있다
산다는 것은 닳아가는 것
닳아서 없어지는 것
그래서 서서히 차오르는 것
단단한 힘으로 가득 차는 것
살아서 천 년이 푸르고
죽어서 더욱 단단한 천 년
거룩한 영혼을 안아본다
나는 갓난아이가 된다

해는 순식간에 떠올라 사바를 밝히고
산마루는 순백으로 반짝인다
주목들이 빛나고
사람 얼굴마다 붉은 해가 떴다
설산雪山들은 겹겹이 어깨를 이어가고
하늘과 닿은 선이 아득히 흐른다
내가 온 길

내가 갈 길
영원永遠으로 이어진 선線
있는 듯 없는 듯
멀고도 가깝다

바람 몰아치는 봉우리
이곳은 신神들의 영역
순백純白의 설원雪原에
천제단天祭壇이 있다
신성神聖이 머무는 곳
민족의 안녕을 빌어온 곳
나는 천제단에 엎드린다
지나온 길을 감사感謝하고
내려갈 길을 묻는다
지난 60년, 바람에 띄우면
흔적도 없이 날아갈 티끌들
그래도 세월은 기억하여
한 바퀴 돌아온 갑오甲午

힘겨웠으나 바로 걸으려 했던 길
넘어지지 않으려 비틀거렸던 길
늘 신발끈을 조여 맸던 길
돌아보는 길은 비어 있고
지은 탑은 부끄럽다
찬 바람에 찌든 때를 씻으며
남은 덤의 시간을 묻는다
너른 들판으로 난
향기로운 길을 묻고
또 묻는다

설화雪花

설화雪花는
봄날, 아무나 편히 즐기는
지천으로 널린
값싼 눈요기 같은
꽃이 아니다

설화雪花는
따스한 남풍南風의 입김으로
부드럽게 피어나는
아름다운 여인 같은
꽃도 아니다

설화雪花는
겨울 산山, 매서운 눈보라를 헤쳐 올라
천상天上의 정원庭園에서나 간혹 만날 수 있는
고고하게 빛나는
꽃이다

설화雪花는
매서운 북풍北風을 견디며
깨우침을 향해 몸 사르는
고결한 구도자求道者 같은
꽃이다

부모님을 배웅하며

- 2012. 5. 부모님 묘를 납골묘로 이장하며

가신 지 오랜만에 봄빛에 나오신
두 분의 고운 유골遺骨
깊은 잠에
고요하시다

흐른 세월만큼 은혜는 도타운데
번뇌를 벗은 몸이
새털처럼
가벼우시다

험한 고개를 넘던 거친 숨소리는
이미 기억의 저 편
서러울 틈도 없이 삭정이처럼 쉬 불사르고
희미한 입김마저 바람 속에 흩날려
이승의 종점을
홀가분히
떠나시다

한 점 구름은 저녁노을에 떠가고
멀리 뻐꾸기 울음소리 들리는데
침묵인 듯, 한 줌 잿빛으로 남아
긴 핏줄의 대열에
영원히
깃드시다

진달래꽃

고즈넉한 산등성이
빼곡히 숨은 여인들

바람 지날 때마다
연분홍 치맛자락
나풀거린다

우수수 떨어지는 꽃잎
흥건히 젖는 가슴
진하디 진한
사랑하고파

이 사월
온 천지 물들어
흐느적흐느적
봄날이 간다

아들의 구두를 닦으며

– 2010년 6월, 나 자신을 때리며

선잠 털며
아들의 구두를 닦는다

새벽까지 술에 절어
이 아침 나뒹구는 구두
밤새
꼬부라진 말과 비틀거림으로
추한 골목을 헤맸을 구두

갈 길을 잃은 너에게
손찌검을 한다
땀방울보다 헤픈 웃음을 즐긴 너를
온몸으로 규탄한다

땟자국을 밀어내고 바탕이 온전할 때
어릴 적 아들의 눈매가 반짝인다

걸음을 나설 때
덜 깬 모습이 부끄럽도록
고운 자국이 부끄럽지 않도록

찰칵! 찰칵!

– 부여 향토 사진작가 고 정의호 작가를 추모하며

이른 나이에 죽음에 이르게 된 사진작가의 병상病床을 찾았다.

예리한 렌즈로 세상을 섭렵하던 눈빛은 사라지고 병病에 삭을 대로 삭은 퀭한 눈으로, 낯익은 모습들 속에서 잔잔히 멀어지고 있었다.

그는 가족사진을 찍자며 실낱같은 소리로 딸을 부르고, 어린 아들을 안고, 아내의 머리를 당기며 찍고 또 찍었다. 그와 하나였던 카메라가 스러지는 주인을 눈물로 기록하고 있었다. 찰칵! 찰칵!

찰칵! 찰칵! 인연이 하나씩 삭제되고 있었다.

큰 형님 생신 날

가족들이 모두 모인 큰 형님 생신 날
큰 형님 아파트에 느티나무 한 그루 있었다.

굵은 가지마다 가는 가지 달리고
가는 가지마다 새 순이 돋고 있었다
순마다 방글방글 웃음이 피어나고 있었다.

애당초, 어린 순에 지나지 않았을 나무
볕만 있었으랴 어디
바람은 없었으랴 어디,

어느새, 세월의 고운 빛깔로 흘러내려
뿌리 깊은 나무로 자라고 있었다.

아픈 이 · 1

당뇨, 혈압, 지방간에 위장병까지 한 짐 짊어진 박아주머니
는 오실 때마다 약을 한 달분씩 받아 가신다. 병病 덩어리만
한 약보따리를, 그만큼의 무거운 몸에 얹어 끙끙 약국 문을
민다. 하필 주머니는 비어서 기운마저 저물고 힘겹게 열리
는 세상의 벽, "안녕히 계슈!" 미소가 금세 그림자에 진다.

아픈 이 · 2

환자 분이 혈압 약을 타러 왔다.
약값이 올랐다.
혈압이 더
오
른
다.

부부夫婦

가을비 가느랗게 내리는 휴일 오후
아내와 난
불어난 냇가를 걷고 있었지

휠체어 탄 할아버지와 밀어주는 할머니가
젊은이들의 고기 낚는 모습을 지켜보고 있었지
자신들이 그들인 양 마냥 즐거워 했지

나는 아내에게 물었지
"나 저리 되면 저렇게 데리고 나올 거지?"
"나는 못해!"
다시 물었지
"난 당신, 해 줄 수 있는데?"
"그래도 난 못해 주니 그렇게 되지 말어!"

젊은이들은 고기를 낚는데
노부부는 가버린 세월을 낚고
우리는 오지도 않은 세월을 낚고 있었지
구름 사이로 해가 잠시 웃었지

제 2 부

꽃섬의 추억

지심도只心島에서

바다의 마음을 보았지요
크고 너른 바다도 품고 싶은
마음 하나 있었는지요?

바다의 마음을 보았지요
연락선 고동소리에 갯가의 물결이 출렁였지요
수평선 마주한 언덕은 동백으로 멍이 들었지요

바다의 마음을 보았지요
흔들릴 때마다 써놓는 일기장처럼
마음 잡아둘 기둥 있어야 했는지요?
그래서 세상 마음 밀려오는 앞바다에
마음 섬 하나 띄워 놓았는지요?

바다의 마음을 보았지요
"바다의 마음이 세상의 마음이다" 라고
말하고 있었지요.

　　　　*지심도只心島 : 거제 앞바다에 있는 작은 섬으로 위에서 보이는
　　　　　모양이 마음 심心 자字를 닮았다 하여 지심도라 했다고 함.

천왕봉天王峰에 올라

- 2015. 7. 지리산 천왕봉에서

인생이란 걸 제대로 살 거면
내 진작 이곳에 오를 걸 그랬다

한 발 한 발 오르는 힘이 다할 무렵
온몸이 땀에 흠뻑 젖어야 닿을 수 있는 이곳에
내 철부지일 때 오를 걸 그랬다

하늘에 안겨 바람에 마음을 씻고
길게 엎드린 능선을 딛고 서서
아득한 세상을 천천히 굽어볼 걸 그랬다

그리했으면 내 삶이
좀 더 맑고 푸르렀으리라
좀 더 넓고 깊었으리라

꽃섬(하화도)의 추억

여수 앞 바다에 꽃섬이 있다기에
꽃이 지천으로 덮인 섬이 떠있으려니
찾아간 섬마을
바다가 시원한 언덕엔 꽃은 다 지고
가을볕만 무성했네
허전한 맘 달래려 들른
섬 어귀 주막
젊은 일꾼은 안 보이고
할멈들만 분주했네
안주며 부침개며
꼬부랑 꼬부랑 건네는
푸짐한 인심
막걸리에 취했을까?
할멈들에게서 꽃이 어리네
언덕에서 피었을 꽃들
주름 속에 담겨 있네
찬란히 펼쳤을 계절
굽은 허리춤에 숨어 있네

화석으로 피어 있는 꽃들

고운 꽃보다 더 황홀했던

그 섬마을

*하화도(下花島―아래꽃섬) : 여수 앞바다에 있는 꽃이 많
  이 핀다는 작은 섬.

장미

나에게도 저토록
누군가를 애타게
기다려본 적이 있었던가?

나에게도 저토록
가슴 설레는
그리움을 노래한 적이 있었던가?

누군가에게
뜨거운 입술로 다가가
사랑을 고백한 적이 있었던가?

누군가를 기다리다 기다리다
후두둑 후두둑 눈물을 떨구며
쓸쓸히 돌아선 적이
나에게도
있었던가?

낙엽 한 잎

쌀쌀한 가을비 내리는 아침
젖은 낙엽 한 잎이 문 앞에서 떨고 있었다
뭇사람의 발길을 피하여
긴 밤을 헤매었을 낙엽 한 잎
떠난 곳도, 갈 곳도 잊은 채
빗길에 떠밀려온 낙엽 한 잎
불같은 태양을 집어 삼키며
모진 바람 속에서도 나무를 지켜오다
끝까지 붉게 사르며 사라지는 낙엽 한 잎
많은 자식 다 키워낸 노인의 손등 같아
차마 지나칠 수 없어 식탁 위에 끼워둔
이젠 색 바랜 낙엽 한 잎

갱년기更年期

여자로 태어난 당신은
꽃으로 살았습니다

당신이 피어 있던 여름은
한없이 찬란했습니다

벌 나비가 날아들고
생명은 끊임없이 태어났습니다

이제 노랫소리 잠잠하고
신神은 여름의 창窓을 닫으려 합니다

당신은 일터를 떠나
안식安息의 시간으로 돌아갑니다

해는 기울어 가고
당신의 귀가歸家길엔 하나 둘 꽃이 집니다

가슴엔 가을빛이 물들고
당신의 뒷모습은 향기롭습니다.

허수아비

이번 설 쉬려니
육십이란다
스스로 먹은 적 없는
결코 맛도 알지 못하는
세월이 억지로 퍼 먹인
나이
배부를 만도 한데
아직도 속은 텅 비어
바람 불 때마다 흔들대는
허수아비
뿌리 없는 나무토막
하늘의 뜻(知天命)은 짐작도 못하는데
세상을 듣는 귀(耳順)는 언제 열리려나
어이없는 세월
내 나이
육십

홍도紅島에서

신안新安 앞바다가 낳은 바위섬
사람들은 이곳을 홍도라 이르고
새들은 이곳을 낙원이라 부른다

파도가 젖 물리고 바람이 돌보는 섬
철마다 동백은 불타오르고
언덕엔 원추리가 금물결을 친다

애당초 이곳은 신神들의 놀이터
곳마다 기암절벽이 절경이고
얽힌 전설이 천년을 흐른다

저녁마다 펼쳐지는 사랑의 향연
먼 바닷길 붉은 양탄자 곱게 깔리면
임 오시나 발그스레 얼굴 붉힌다

주문진注文津

태백산맥 너머
가로 막은 바다가
넓게 팔 벌리는 곳

육지인 듯 바다인 듯
늘 철썩이며
사람인 듯 생선인 듯
함께 춤추는 곳

사내들의 근육이
파도처럼 빛나고
아낙들의 육담肉談이
가면假面을 벗기는 곳

땀내와 비린내가 구수한 그 곳에
가끔은, 나를 던져놓고
펄쩍펄쩍
뛰놀게 하고 싶은 곳

상해上海에서

늦잠 자던 사자가 눈을 떴다더니

빌딩들은 하늘이 무색하고
길은 사람들로 넘실댄다
돈이 파도처럼 밀려오는 대륙
검고 흰 고양이들은 신나게 춤을 추는구나

밤을 노래하는 황포강黃浦江 선상船上
충혈된 강물이 어지러운 나그네는
몸을 비틀거리며
술 한 잔 털어넣는다

*고양이들 : 등소평의 흑묘백묘론을 묘사함.

여행

연리지連理枝라 했던가

손을 잡으면 물결쳐 오는
스물일곱 해 저 편의 화사한 몸살들

그대 작은 기침 하나도
내 가슴엔 꽃이었네

그 아득한 시간
돌아보면 저만치 손에 잡히네

지금은
우리의 땀 영그는
만만한 오후

그대 놓친 하늘을 내가 찾아주리니
내가 놓친 하늘을 그대 찾아주오

*연리지連理枝 : 1. 서로 다른 나무의 가지가 맞닿아서 결이 통
한 것. 2. 사이가 화목한 부부, 또는 남녀를 가리키는 말.

매봉산 배추밭

강원도 태백 땅
새벽안개 헤치고 구름 타고 오르니
천 삼백 고지 매봉산.

꿈같이 펼쳐진
수십 만 평 배추밭
거룩한 하늘의 땅.

삼수三水 따라 내려갈
만 백성의 일용할 양식.

포기마다 박힌 농심
보석처럼 빛난다.

*삼수三水 : 매봉산 기슭에 삼수령三水嶺이 있는데 한강, 낙
동강, 오십천으로 갈리는 곳이다.

산사山寺의 풍경風磬

바람의 손짓에
반가이 화답하는 그대
찰랑
찰랑

손을 흔드는 나무
노래 부르는 새
하늘로 솟는 구름

바람
한결 가볍게
산을 내려오네
살랑
살랑

주안역朱安驛에서

인천 주안역에서 지하철을 내린 늘그막한 부부가 지하상가를 지나고 있었다. 경사慶事에 가는 양 말쑥한 신사복 차림의 남자가 앞서 가는데, 얼굴이 돌부처로 굳어있다. 뒤따르는 고운 한복의 부인이 말한다. "이 쪽으로 나가야 할 텐데요?" 남자가 윽박지른다. "어허! 잔말 말고 따라오라니까!" 갈림길을 지날 때마다 반복되었다.

그들은 출구를 잘 빠져 나갔을까? 남은 긴 여정을 무사히 이어갈 수 있을까? 주안역 지하상가 유난히 긴 터널에서 만난 조선시대 국보급 유물(?)을 보며 괜한 걱정을 해 본다.

화장실에서

아침마다 의식을 치른다.

잘 익은 고구마
두어 개
첨!
벙!
지하의 신神에게 바치는
경쾌한 성가聖歌.

나는 가볍게 일어나
힘찬 하루를 향한다.

종이학鶴

색종이로 접은 종이학 천 마리
유리병에 곱게 갇혀 있다

늦은 밤 수험생 아들
졸음 쫓던 종이학
학마다 고이고이
어미 손길 뜨겁다

천 번은 빌어야
어미가 될까
천 번은 울어야
어미가 될까

고요히 잠든 학들이
알록달록 하늘을 덮는다면
세상을 곱게 물들인다면
그때는 어미가 될까

첫 해맞이

첫 해를 보러
영일만에 갔다

해변에 가득
밀물처럼 밀려온 사람들

얼굴마다 떠오른
커다란 첫 해

하나씩 안고
썰물처럼 흩어졌다

하루가 가고
한 해가 갔다

(2017. 1. 1)

겨울의 길목에서

겨울의 길목에서
숲은 고요하다
나무들마다
눈빛이 비장하다

무성했던 이파리들 죄다 떨구고
눈물조차 말라버린 나무들
찬란했던 노랫소리 가슴에 묻고
굳게 입술 다문 나무들

이따금 바람이 위로하지만
"바스락" 한 마디뿐
맨몸으로 버텨 서서
다가오는 겨울을
응시하고 있다.

어느 겨울 밤의 풍경

어느 깊어가는 겨울 밤
대리운전 조수석에 처박힌 아들
가로등이 커다란 술독을 비추고 있다

차디찬 세상에 벌렁 누운 영웅?
걱정 반, 기대 반
안기에는 너무 왜소한 아비
깨우는 탄식소리에
새벽이 먼저 눈을 뜬다

금강 소나무金剛松

울진 땅 깊은 산속
보부상들이 넘나들던 고갯길이라네
이름처럼 탄탄하고, 빛 고운 소나무들
수백 년 이야기를 품은 채
비밀처럼 모여 살더라네

그 옛적 보부상들의 땀을 닦아 주었다네
긴 세월 바람의 말동무로 살았다네
나라의 부름을 받았을 땐 한없이 가슴이 뛰었다네

신神을 닮은 듯
고결하고 의연한 자태
광복군같이 믿음직한 그들을 만나고 온 날
난, 잠이 편안했다네.

*보부상褓負商 : 예전에 봇짐장수와 등짐장수를 아울러 이
르던 말

봄

겨우내 꿈꾸던 빛깔들

알록달록 튀어나오고

겨우내 참았던 웃음들

까르르 방긋 터져 나오고

시린 손 비비며

서성이던 노랫소리

찬 얼음 녹이며

우렁차게 울리네

닉 부이치치*

팔 다리 없는 몸으로 태어난
그가
팔보다 너른 팔로
세상을 안고
다리보다 긴 다리로
세상을 활보하기까지
그는 얼마나 많이
울었을까?

어둠을 찾아 빛을 던지며
세상을 꽃으로 물들이기까지
늘 그렇게
환히 웃기까지
그는 얼마나 많이
울었을까?

*닉 부이치치 : 1982년 호주 생. 사지 없이 태어난 장애를
극복하고 그리피스 대학에서 회계학과 경영학 전공, 사회
사업가로서 세계를 누비며 희망의 메시지를 전하고 있다.

아이들아, 미안하다!

- 2014. 4. 세월호 참사로 희생된 단원고 학생들을 추모하며

가슴이 울컥했습니다
아침 산책을 하다가
지난밤 비바람에 떨어진
연분홍 꽃잎을 보았습니다
눈물같이 흥건히 고인 빗물에
고운 영산홍 이파리들이 수북했습니다
이 봄날 우리는 모두 목이 메입니다

깊고 어두운 물속에 갇힌 꽃잎들
자신들의 안간힘으로도 어쩔 수 없이
비명으로 스러져간 어린 생명들
꽃보다 더 곱고 나무보다 더 푸르렀던
그들은 우리의 내일이었습니다
미안합니다
꺼내줄 수 없어 미안합니다
그렇게 만든 어른이라서 미안하고
살아있어 미안합니다

우리는 이제 두 손을 모으고

저 이름 하나씩, 하나씩 가슴에 묻어야 합니다
맑은 눈망울들을 소중히 간직해야 합니다
저들이 느꼈을 고통과 절망을 깊이 새겨야 합니다
살아서도 죽어서도 지우지 말아야 합니다

꽃잎들은 우리에게 말합니다
우리의 어깨를 두드려 줍니다
그만 눈물을 닦으라고 합니다
그렇습니다
이제 일어나야 합니다
지친 몸 추스르고 일어나야 합니다
두 주먹 불끈 쥐고 다시 시작해야 합니다
묵은 녹을 벗겨내고 비뚤어진 곳을 바로 잡아야 합니다
가면을 벗고 구석구석 살펴야 합니다
다시 잘 만들어야 합니다
그리하여 저들의 동생들에게 물려줘야 합니다
그때 비로소 저 꽃잎들은 눈을 감을 것입니다
그리고 더 아름다운 꽃으로 피어날 것입니다

여기는 슬픈 팽목항

- 2014년 5월 팽목항에서

해가 떠도 슬프고 해가 지면 더 슬픈

여기는 팽목항

가는 사람도 울고 오는 사람도 운다

배가 잠긴 그날 이후 항구도 깊이 잠겨

삶과 죽음의 갈림길에서

잃은 사람을 부르고 또 부르고

지쳐 눈물도 말라버린 사람들

노란 리본 물결은 손짓처럼 바다로 나부끼고

불리는 이름들은 바람결에 애절한데

대답은 빈 파도소리뿐

어쩌다 돌아옴은 싸늘한 주검뿐

그마저 축하한다며 손 잡아주는

남은 자의 슬픈 기다림

그래도 힘내자며 일어나자며

방금 구운 고구마를 건네고 더운 두부를 날라주는 아낙들

오랜 친구처럼 서로 인사를 나누는 봉사자들

이 작은 항구가 슬프지 않다면

저 앞바다가 원통하지 않다면
얼마나 좋으랴, 얼마나 고마우랴!

오늘 밤새 천막이 운다
바람이 분다
또 얼마나 기다려야 하나
바다가 울면 우리 모두가 운다
잡을 수도 없고 보낼 수도 없는
삶을 기다리다 지쳐 죽음을 기다려야 하는
팽목항
여기는 슬픈 팽목항

가을 산山

태풍 지난 자리에
나무들은 쓰러졌다
산은 그들을 안고 쓰러졌다
시퍼런 마당 사라지고
그래서 여름도 떠나고, 산은
헝클어진 머리칼로 울고 있었다

바람 고요하고 하늘 높은 지금
안개는 새벽마다 산을 감싼다
맑은 볕은 종일 상처를 달랜다
산은 몸을 추스리며 손님 맞을 채비를 한다
아픔도 꽃이란 듯, 점점
눈빛 고와진다

남사당패 줄타기

– 안성 남사당패 어름사니의 줄타기를 보고

광대가 외친다. 얼씨구—!
구경꾼이 답한다. 좋다—!
밧줄이 팽팽히 당겨진다.

'저 광대 보게! 가시낼세 그려!
맵시는 곱상헌디, 입담은 걸쩍허네 그려!
부채 하나 달랑 들고 아슬아슬 줄타는디
우리네 무거운 짐 사뿐사뿐 던져놓고
우리네 막힌 가슴 시원허게 뚫어주네!'

얼씨구—!
좋다—!
그 질기고 오랜 줄이
아직도 서럽게
팽팽하네 그려.

이속離俗

– 속세를 떠난다는 것

세상을 여읜 듯
바람도 드문 산속에
둥지를 튼 집 한 채
새 부리 같은 우편함

고플 때마다
한 모금씩 꼴깍!
꼴깍! 넘어간다
세상 소식

봄소식

건물들 틈새, 한 그루 나무
어느새 파란 잎 피워
내 방을 들여다보네

화장실, 볼 일 보는데
또 한 녀석 길게 목 내밀고
안을 들여다보네

봄날 아침, 산을 바라보며

눈부신 이파리들
물결처럼 넘실대고
종다리 날갯짓에
하늘은 높이 솟네

아카시아 꽃향기
방안에 그윽하고
새들의 맑은 소리
심금心琴을 울리네

이 아침, 한 잔의 차茶
홀로 들기 아쉬운데
어느새 시심詩心 다가와
찻상床에 마주하네

늦가을에 서서

넘치던 푸르름이
천지에 흐드러지던 꽃이
어느새 모습을 감추고

산은 몸을 웅크려 멀찌감치 물러앉고
강은 새벽마다 입김을 게우며 겨울로 다가간다

새들도 남쪽으로 달아나버린
빈 거리에서 방황하는 나
찬바람에 머리칼 힘없이 날리고
주머니 속의 손이 시리다

어느 가을날 오후

부르르 부르르
나무들 제 몸 터는 시간
아이들 몸 푸는 시간

꿈으로 부푸는 운동장
낙엽을 몰고 가는 발길 따라
풀썩이는 흙모래가 곱다

높은 목청에 하늘은 더욱 푸르고
감처럼 익어가는 아이들 볼마다
빛나는 저녁 해

벤치에 앉아 책을 읽는 여인의 머리칼에
억새 하나 핀다

제4부

오래 된 편지

쓰레기를 위하여

내 삶이 비친
거울들

나를 고스란히
기억하는 녀석들

매일 매일
비닐봉지에 담겨

세상에서
사라진다.

코골이

방안 가득 채우는 불협화음
자갈길 구르는 소리
가파른 길 오르는 소리
깊은 밤 숨 가쁘게 어딜 가는지?

잔잔한 길인 줄 날 따라와
고단한 짐 지고 가는 아내
혹여, 즐거운 꿈길이면 참 좋겠다

이 밤도 쉬지 않고 달리는
어느덧 녹이 슬어버린
아내

불면不眠

짐을 내려놓고
하루의 무게를 벗는 시간
누에고치 속의 애벌레가 되는 시간
세상의 문을 닫고 몸을 눕힌다

몸은 누웠으나
마음이 아직 돌아오지 않는다
풍선처럼 구름 위를 떠도는 마음은
작은 공간의 자유를 알지 못한다
몸만이 자신이 안길 곳임을
진정한 고향임을 깨닫지 못한다
날고 있는 저 풍선을 잡아다오
방황하는 마음을 데려와 주오
몸이 홀로 뒤척이는 밤

잠을 훔쳐간 마음을
기다리며 기다리며
까만 밤 새도록
하얗게 그린
알 수 없는 그림

낚시

물 속 깊이 팔을 뻗는다
가늘고 긴 팔이 들어간다
먹이를 쥔 손이 유혹을 한다
물고기의 눈엔 먹이만 보이고
감춰진 바늘은 보이지 않는다

낚시꾼은 물고기를 기다리고
물고기는 먹이를 의심한다
낚일까? 않을까?
먹을까? 말까?
욕심이 들어가고
의심이 온다

이승과 저승 사이에서
망설임과 기다림이 오가고
꾀가 오가는 사이
줄은 팽팽하고
해는 뜨고 진다
천 년이 가고
만 년이 간다

나의 스마트폰 분실기紛失記

잠시 한눈 판 사이
녀석이 달아났다

끔찍이 아끼지는 않았지만
녀석이 빠진 내 몸은 허전했고
고장난 로봇처럼 무기력해졌다
엄마 잃은 아이처럼 안절부절하였다

녀석은 단지 손 안에서나
주머니 속의 하찮은 도구가 아니었다
똑똑하다는 이름으로
몸 속 깊이 들어와
나를 조종하고 있었다
빠름과 편리함으로 길들이며
자기의 부속품인 양 끌고 다녔다

녀석은 끝내 돌아오지 않았다
내 손에 새 것이 들린 지금

나는 다짐한다
가끔 머리를 빌릴 뿐
마음을 나누지는 않으리

달아난 녀석은 지금쯤
소문대로 중국 땅 어디에서
디지털시대時代의 왕자王子라 우쭐대며
어느 인간을 길들이고 있겠지

담석 膽石

공부한다고 서울로 떠난 지 십여 년
아들 녀석의 몸에서 돌이 나왔다
간호사가 건넨 유리병 속에서
누리끼리한 공깃돌 같은 것 서너 개가 달그락거린다
서른은 넘었다지만 아직은 어린 몸 속에서
그동안 무슨 꿍꿍이가 있었을까?
맑았던 그 속에 무엇이 들어가서
무엇이 뒤틀려
삭이지 못한 채 응어리가 됐을까?
밥이 넘어가는 길목에 지켜 서서 쓸개는 어찌
쓰디쓴 그들을 악물고 있었을까?
어미 손 떠난 밥이 설고
따스한 품이 그토록 그리웠을까?
단단한 돌로 되기까지
녀석은 얼마나 아팠을까?

오십견五十肩

당신의 어깨는
세상의 중심中心이었습니다

당신이 짊어진 무거운 세월
오십 번의 해가 바뀌고
수많은 꽃이 피었습니다
세상은 향기롭고
당신이 흘린 땀은 위대합니다

이제 당신의 어깨엔
훈장勳章이 빛납니다
쌓인 아픔이 추억처럼 피어납니다

골다공증骨多孔症

당신 입엔 못 넣어도
자식 먹이고, 먹이고
당신 몸 아파도
일하고, 일하고
뼈 삭고 등골 녹아
구멍이 송송
주린 배 움켜쥐고
오직 자식 향向하다
털썩, 허리가 꺾인
어머니
우리 어머니

목련 피던 날

이른 아침
창에 어리는 눈부신 자태
하얀 웃음소리
내 언 가슴이 사르르 녹는다.

북풍이 이를 갈던 날
몸을 잔뜩 움츠려
떨고만 있던 너

긴 겨울밤
시린 별빛 속에서도
오직 그 꿈은 놓지 않았는지

그리운 이름들
가지마다 총총히 환생하여
축배의 노래 부르고 있다.

어느 청학동 도인道人

지리산 삼신봉三神峰 아래
하늘이 점지하고
땅이 감춰둔 곳이라네

구름을 스치는 바람소리에
새들이 노래하고
서당書堂의 글소리에
나무들이 춤추었다네

피 더운 젊은이
높은 하늘이 하도 그리워
속세俗世를 뒤로하고 비탈을 오를 때
가슴이 마냥 파랗게 부풀더라네

산내음에 묻힌 한 세월
글을 갈고 마음을 닦았다네
먼 산 뻐꾸기소리에 때로는
가슴이 저렸을 것이네

솔향기 풀풀 날리며 이제
도시를 활보하네
'무릉도원을 어찌 나왔는가?'
껄
껄
껄 . . .

도토리 줍는 할머니

아침 산책길에
도토리를 줍고 있는 할머니를 만났다.

보석을 찾듯 조심스레
영롱한 풀 이슬을 헤치며
하나 둘 도토리를 줍는 할머니.

토실토실 찰 때까지
한 생애를 다하고 이제, 갈 때를 알아
스스로 몸을 던진 도토리들…

세월의 기억이 고스란히 새겨진
할머니의 손바닥에서
도토리들은 은은히 빛나고
할머니의 얼굴에는 미소가 번진다.

오래 된 편지

서가에 잠자던
오래 된 편지가
입을 연다.

켜켜이 쌓인 먼지를 벗고
삼십 년 흐른 강을 넘어
가슴 깊이 잠자던
그리움을 깨운다.

희미한 불빛처럼
한 송이 백합으로 다가와
낭랑하게 울린다.

"보고 싶었어요!"

오징어

친척 어린 아이가 씹다 뱉은 오징어 조각

입에 넣었다

아내는 손사래를 치는데

아이의 눈망울이 생글생글

내 안에 가득히 번지는 웃음소리

까르르

까르르…

저녁 풍경

정문 앞 소나무 긴 그림자로 드러누울 때
놀이터는 재잘거리고
자전거 바퀴들은 휘파람을 분다.

이마에 넘버를 단 가장家長들이 돌아올 때마다
주차장은 하나둘 보람으로 채워지고
주부들 손마다 들린 시장 봉투는
미리 허기를 달랜다.

제 집인 양 찾아온 까치 한 쌍
요리조리 눈치 보는데
서산 넘다 들킨 해가
발갛게 웃고 있다.

강도

밤 늦은 시간에 전화가 왔다.
―저예요.
―도서관이예요.
―그런데, 돈이 필요해요.

또, 털렸다.
알면서도 매번 털리는,
그러나
밉지 않은 강도들이다.

온 세상을 한 아름에 안겨주었던 녀석들
이제 그 빛을 내놓으란다.
언제까지일까?

녀석들도 곧 알게 될 것이다
자식을 안은 기쁨을
그걸 갚는 즐거움을.

그리고
세상을 향해 뻗는 두 팔의 힘이
온전히 그것인 것을.

반건시(半乾柿, 곶감)

늦가을
찬바람 된서리가

철부지의 입에서
아이스크림으로 녹는다

동지섣달 긴긴 밤
이 빠진 할매의 달콤한 전설이 된다

고향 잃은 주정뱅이의 술안주가 되고
주절주절 눈물이 되고

단칸방 철이네의 끈적끈적한
사랑이 되고…

제5부

칸쿤의 해변

타지마할 Taj Mahal

하늘에서 흘린 눈물 한 방울
제국의 가슴에 떨어져
꽃이 되었네

세상에서 가장 아름다운 꽃에서
하얗게 잠자는 여인

계절이 바뀌어도 꽃은 지지 않고
세월이 가도 사랑은 변치 않네

영원을 향한 간절한 눈빛
야무나 강에 은은하네

*타지마할 : 인도 무굴제국의 황제 샤자한이 죽은 왕비를
추모하여 지은 궁전 무덤으로 야무나 강가에 있다.

몽블랑이 어디유?

샤모니에서 작은 논쟁이 있었지

몽블랑을 찾고 있었지

봉우리들을 바라보며 "저거다, 아니다."

어느 사람을 잡고 물었지

"몽블랑이 어디유?"

그 쪽을 바라보며 그가 답했지

"Everything is Mont-Blanc (저게 다 몽블랑인더유) !"

낭랑한 음성이 메아리쳤지

나는 큰 산 앞에 한없이 작아졌지

*샤모니Chamnix : 프랑스 몽블랑 기슭에 자리한 작은 도시.
*몽블랑Mont-Blanc : 프랑스령에 속하는 알프스의 봉우리로
  높이 4,810m이다.

갠지스 강변에서

이 강이 마르면 세상도 다한다는
갠지스 강
세상이 아직 어두울 때에도
이 강은 밝게 흘렀다
히말라야에서 벵골만까지
아득한 과거에서 먼 미래로 가는
순례의 길
인도인의 땀으로 흐르고
젖으로 흐르다가 어머니가 되고
신神이 되었다

삶의 아우성을 헤치고 닿은 곳
사람들이 몰려와 몸을 담근다
산 자는 죄를 씻고
병자는 아픔을 달래고
죽은 자는 태워져 흘러간다

삶과 죽음이 껴안고 가는 강

내가 흘러온 길은 어디이며 갈 곳은 어디인가?
아픔 없이 흐르는 삶은 없는가?
평안으로 가는 길목에서
떠가는 꽃불들로 강물은 어른거리고
나그네의 가슴을 스치는
한 줌의 바람이여!

*갠지스Ganges 강 : 인도의 오른쪽을 흐르는 강으로 바라나
   시에서 그 민낯을 만날 수 있다.
*꽃불Dia : 꽃잎과 촛불을 받친 접시로 소원을 빌며 강물에
   띄워 보낸다.

마테호른과 점심을 먹다

세상너머 높은 땅에서
마테호른을 만났다
구름 몇 점 떠가는 푸른 하늘에 우뚝 서서
나를 기다리고 있었다

그리운 아버지 같고 신령 같아
큰절을 올렸다
내 손을 잡아주는 그와 점심을 함께 하며
지난 얘기를 나누었다
크고 높은 그가
나를 꼭 껴안고 등을 두드려 주었다
"괜찮다, 괜찮다" 했다

내려오는 길
야생화가 가득한 초원은
그의 은총인 듯 아름다웠다
그는 내내 그윽한 눈빛으로
나를 지켜보고 있었다

내 등은 따스했고
가슴은 뿌듯하였다.

*마테호른Matterhorn : 알프스 산맥의 산으로 뾰족한 모양을
하고 있으며 높이는 4,478m이다.

마테호른 일출日出

지금은 여명의 시간
세상은 아직 고요에 묻힌 시간
저 땅속 깊은 곳에서부터 바위를 뚫고 솟아오르는
울림을 듣는가
촛불로 점등되어 횃불로 타오르는
장엄한 의식을 보는가

사천사백칠십팔 미터
우러러볼 수밖에 없는 천상의 경지에
그대는 왜
불을 밝히는가
시원始原의 바람이 흐르는
순수의 땅에 날마다
우뚝 서는가
그리하여 오늘도
그 무엇을 지키려
고고한 눈빛을 발하는가
그대여!

*마테호른 : 알프스의 한 봉우리
로 뾰족한 모양을 하고 있다.

융프라우에 오르는 산악열차

가파른 알프스의 언덕을
전설처럼 기어오르는
열차가 있다
안개구름 헤치고
녹색 풀꽃 언덕을 올라가는
빨간 열차
진한 야생화에 취해
바위산을 뚫고 들어가는
열차
억만년을 감추어온 몸
젊은 처녀 안으려
오늘도
콧노래를 부르며 가는
열차가 있다.

*융프라우 : 알프스의 봉우리(4,166m)로 '젊은 처녀' 란 뜻
을 지니고 있다.

마추픽추 가는 길

얼마나 오래 키워왔던 꿈이던가

설렘을 강물에 실어
신성한 계곡을 따라가는데
잉카는 눈물로 맞는구나

그 어두운 시절
깎아지른 벼랑으로 담을 삼고
아무도 모를 천 길 높은 곳에
고고히 둥지를 튼 도시都市
그 숨결 여전하구나

일구던 논밭이며 꿈꾸던 집이며
사랑을 노래하던 광장이며
태평성대를 빌던 신전이며…

아득한 세월 속에 향기香氣는 짙어가고
문명의 메아리 간간히 들리는데

멸망의 한恨은 억겁億劫에 사무쳐

우루밤바 강江을 굽이치는구나

*마추픽추Machu Picchu : 페루에 있는 잉카문명의 고대도시
로 해발 2400m의 고산지대에 있다. 밑에서는 그 존재를
알 수 없어 공중도시 또는 비밀 도시라 불리기도 한다.
*신성한 계곡Valle Sagrado : 꾸스코에서 마추픽추를 갈 때
거치게 되는 우루밤바 강이 흐르는 계곡을 잉카인들은
'신성한 계곡' 이라 불렀다. 계곡을 따라가다 보면 피삭,
우루밤바, 오얀타이탐보 등 잉카의 향기가 묻어나는 마을
이 있다.

이과수폭포에서

던지지 않고 가는 삶이 어디 있으랴
부서지지 않고 얻는 이름이 어디 있으랴

기필코 가야 할
가장 아름다운 곳을 향하여

우리 다시 만나기 위하여

*이과수폭포 : 아르헨티나와 브라질 사이의 이과수강 양쪽
에 있는 약 300개의 폭포. 그 중 '악마의 숨통' 이라 불리
는 폭포가 가장 웅장하다. 폭포가 속해 있는 두 나라의 국
립공원은 각각 세계 문화유산에 등록되어 있다.

꾸스코

강원도 두메산골
노란 해바라기 구불구불 이어진
비탈길을 오르니
잉카가 나를 맞는다.

내 전생의 고향
황토 마을
장醬익는 냄새가 구수하구나.

하늘과 닿은 곳에 배꼽을 삼고
태양을 받들어
천하를 호령하더니

제국의 영혼은 별이 되어
오늘밤 쓸쓸히
꾸스코의 밤을 지키는구나.

> *꾸스꼬Cuzco : 페루에 있는 잉카시대의 수도로 케츄아어
> (인디오 언어)로 배꼽이라는 뜻이며 유네스코 문화유산에
> 등록되어 있다.

우로스Uros 섬

세상을 넘어
안데스 꼭대기 하늘호수에
갈대 둥지를 틀었다

문명의 외침을 등지고
오직 하늘만 보며
시간을 거꾸로 사는 사람들

가진 것 없으니 잃을 것도 없고
지푸라기처럼 떠다니다 바람처럼 사라지는 이들

콘도르가 하늘로 비상하는 지금
나는 떠나야 하는 나그네일 뿐

가공加工된 삶으로 끌려가는 모순

*우로스Uros섬 : 페루와 볼리비아에 걸쳐 있는 해발
3,850m에 위치한 띠띠카카Titicaca 호수에 있는 우로스족
사람들이 사는 섬. 갈대로 엮어 만든 섬으로 물에 떠 있으
며 40여 개가 있다.

페루의 어느 날 밤

페루에서의 어느 날 밤
오랜 기억의 저편에서 문득 찾아온
은하수를 만났다

은빛 융단은 너울거리며 천상天上을 흐르는데
내 유년幼年이 다가와 함께 그네를 탄다

별들은 밤새 속삭이고
옛이야기는 이슬에 젖는다

어릴 적 행방불명된 은하수가
안데스에 살고 있었다

칸쿤의 해변

창을 열자 넓은 바다가 시원한 바람을 몰고 들이쳤다.
아침 햇살에 기지개를 켜는 바다의 유혹에
카메라를 들고 해변에 나갔다.

카리브해와 멕시코만이 입을 맞추는 사이
배말뚝에 앉은 물새들이 머리를 조아린다.

햇살을 타고 비상하는 물새들을 카메라가 쫓는다.
바다와 하늘이 렌즈로 들어오고
나는 물새가 되어 바다 위를 난다.

맨발에 밟히는 모래가 밀가루처럼 곱다.
팔짱 낀 아내의 얼굴에 옥빛이 든다.

*칸쿤Cancun : 멕시코의 유카탄Yucatan 반도의 동쪽 끝에
있는 해변도시로 세계적인 휴양지다.

몽골에서

1. 초원草原

우주도 잠시 운행을 멈추고
시간조차 자리를 비운 지금
초원에 누우니, 나 있는 듯 없는 듯

세상은 풀 향기로 가득하고
오직 스치는 바람소리뿐
하늘은 땅을 어우르고
새들은 영원永遠으로 날으네

바람은 몸을 씻어주고
하늘은 마음을 닦아주네

푸른 언덕에 올라 두 팔 벌리니
아득한 광야가 한 아름에 안기고
내가 온 길, 내가 갈 길
초원 사이로 드러나네

나 떠날 즈음
지평선에 말발굽소리 요란하네
가슴 가득 울리네

　2. 후미|Khoomei

세월의 마디마디
맺힌 눈물

가슴 깊이깊이
묻어둔 사연

질기고 질긴
유목의 한恨

오래 오래 삭혀
토해내는
영혼의 소리.

114

3. 오보Ovoo

상서로운 바람 스치는 언덕
소원 하나 둘 쌓아
하늘로 보낸다.

탈 없이 다녀오게 하소서
병 빨리 낫게 하소서
가축들 잘 살펴 주소서…

세 바퀴 돌 때
바람도 따라 돌고
구름도 따라 돌고,

하닥 힘차게 휘날릴 때
초원의 꿈
파란 하늘로 솟구친다.

*후미Khoomei : 몽골 민속 음악으
　로 고음과 저음을 동시에 소리내
　는 독특한 창법이다.
*오보 : 우리의 서낭당같이 소원을
　비는 돌무덤.
*하닥 : 몽골에서 축복과 안녕을
　비는 의미의 파란 천.

정재황 은유시와 삶의 아름다움
— 정재황 제1시집 《당신은 꽃》 평설

石蘭史 **이수화**

(Pen · 文協 원임부이사장, 한국문학비평가협회 명예회장)

정재황 시(정재황 시인의 시)는 은유시隱喩詩의 미학 세계를 구현한다. 메타포(隱喩, Metaphor) 시는 시를 이미지로 표현(表現, Render)하는 방법인데 이미지나 심벌(상징)은 항상 우리의 감정感情을 지적知的으로 휘어잡아 거기에 뚜렷한 윤곽을 준다. 즉, 감정을 구체적인 이미지를 통해서 파악하는 것이다. 이 때의 감정과 이미지는 똑 같아진다. 형이상학파 시와 프랑스 상징파 시인들의 메타포 시가 유사한 점이 여기에 있다. 시의 행두 넘버는 인용시 내용이다.

① 수많은 자가 죽었다.
　그 중에서도 가장 훌륭한 자들이
　이빨 빠진 갈보를 위하여

누덕누덕 기운 문명文明을 위하여

매력과 훌륭한 입의 미소와
예민한 눈이 대지의 뚜껑 밑에 묻혔다.

– 에즈라 파운드의 장시 부분

② 환자 분이 혈압 약을 타러 왔다.
　약값이 올랐다.
　혈압이 더
　오
　른
　다.

– 〈아픈 이 · 2〉 전문

③ 부르르 부르르
　나무들 제 몸 터는 시간
　아이들 몸 푸는 시간

　꿈으로 부푸는 운동장
　낙엽을 몰고 가는 발길 따라
　풀썩이는 흙모래가 곱다

　높은 목청에 하늘은 더욱 푸르고

감처럼 익어가는 아이들 볼마다
빛나는 저녁 해

벤치에 앉아 책을 읽는 여인의 머리칼에
억새 하나 핀다

– 〈어느 가을날 오후〉 전문

④ 아침마다 의식을 치른다.

잘 익은 고구마
두어 개
첨!
벙!
지하의 신神에게 바치는
경쾌한 성가聖歌.

나는 가볍게 일어나
힘찬 하루를 향한다.

– 〈화장실에서〉 전문

여기 나란히 병치 예시한 ① · ④번 메타포 시 텍스트는 시인(에즈라 파운드, 정재황)의 감정과 이미지가 동일성에 이른 바를 거론키 위해 병렬해 보이고 있다.

①의 경우, 파운드는 전쟁터에서 죽은 병사들이 "이빨 빠진 갈보를 위하여/ 누덕누덕 기운 문명文明을 위하여" "대지의 뚜껑 밑에 묻혔다"고 신랄하게 전쟁의 폐해를 고발하고 있다. 인용시구 속 이미저리들과 그 구어체口語體 언어를 구사하고 있는 시인 파운드의 감정이 동일성을 이루고 있다는 사실은 나란히 병치 예시된 정재황 시 ② · ④의 구어체 실현과 그 압축과 확장 이미저리 군에서 발현되고 있는 메타포 시 자질과 난형난제의 격차조차 없다 하겠다. 정재황 메타포 시를 좀 더 집중해 본다.

예시 ②, 정재황의 메타포 시 〈아픈 이 · 2〉는 아픈 이 즉, 환자가 혈압약을 사러 약국에 왔는데 화자인 약사가 약값이 올랐다 하니 그 '아픈 이'는 혈압이 더 오른다. 이 후말행 "오른다"의 러시안 포말리즘 형상성은 단순한 형식주의를 떠난 정재황 메타포 시의 모티프 3행에 대응하는 압축된 이미지(condensed image)의 효과라는 것이다. "혈압이 더/ 오/ 른/ 다"는 형이상학적 의미와 형이하학적 실재(實在, reality)가 한 치의 간주도 없이 일치하는 은유시의 절감되는 표상화인 것이다. 이처럼 물가인상物價引上이란 세제 사상思想이란 이미지가 바로 사상의 바탕이었을 때 성공한다. '아픈 이'는 '환자'인데 시인이 의도적으로 '아픈 이'라 한 것도 은유시인의 메타포라면 어떨까.

예시 ③, 〈어느 가을날 오후〉는 앞의 압축된 이미지(압축된 은유시, condensed metaphor)의 메타포라면 이 〈어느 가을날 오후〉는 사상思想과 비유比喩가 동일화同一化되었을 때 성공한 예가 된다. 예시 ③은 첫째 연에서 "부르르 부르르"라는 의인화(의성어)의 신체 약동상을 2와 3행에 걸쳐 나무와 아이들 약동상의 동일성을 성취하고 그와 함께 화자 목전에 펼쳐진 천지에 가득 찬 진정한 지상의 건강과 평화를 형상화(메타포)해 보인다. 그런데 후말 연은 무엇인가. 참으로 그렇다 하지 않을 수 없다. "벤치에 앉아 책을 읽는 여인의 머리칼에/ 억새 하나 핀다"는 만물을 생산하는 바탕(자궁)으로서의 여인의 머리칼(생산)에 책과 지성의 강인함(억새)이 피는 바와 시 1~3연의 평화는 얼마나 값진 인간과 가을의 복된 지복의 대조인가. 이와 같은 지복의 사상과 감정 사이의 긴밀한 관계 맺기 은유시를 우리는 확장된 은유시(expanded metaphor)라 한다.

예시 ④의 메타포가 은유시로서의 상지상上之上에 속한다 한다면 그 은유시로서의 위의와 구어체 컨시트(奇想, conceit)의 절묘한 배합의 미학이다. 제2연 "잘 익은 고구마/ 두어 개/ 첨!/ 벙!/ 지하의 신神에게 바치는/ 경쾌한 성가聖歌." 엘리어트 투로 말하자면 사상과 감정의 통합된 감수성 미학 달성이다. 정재황 은유시의 절창絶唱이다.

①이른 봄, 두메산골에서 피어난
　한 송이 꽃
　꽃들과 뛰놀며 꽃내음 먹고 자란

당신
'난, 시집가서 고운 한복에 자가용 타고 친정 오고 싶다'
했다던 산골소녀
작은 꽃처럼 예쁜 꿈을 꾸었던
당신

삼십오 년 전 어느 봄날
고운 자태로 내게 다가와
나의 빈손을 잡아주었던
당신
그때부터 당신은
내 정원의 꽃이 되었습니다

나의 아내로, 두 아이의 어머니로
한 길로 피어온 당신
…(後略, 시집 본문 참조)…

- 〈당신은 꽃-회갑 맞은 아내 최윤순에게 드리는 글〉부분

② 방안 가득 채우는 불협화음
   자갈길 구르는 소리
   가파른 길 오르는 소리
   깊은 밤 숨 가쁘게 어딜 가는지?

잔잔한 길인 줄 날 따라와
고단한 짐 지고 가는 아내
혹여, 즐거운 꿈길이면 참 좋겠다

이 밤도 쉬지 않고 달리는
어느덧 녹이 슬어버린
아내

- 〈코골이〉 전문

　　예시例詩 ①은 확장된 은유시(expanded metaphor)고, ②는
응축된 은유시(condensed metaphor)로서 ①이 시인 정재황
이 화자가 되어 회갑을 맞이한 꽃다운 아내와의 아름다운
평생을 읊은 인륜시의 백미편이다. 이 시집의 메타 텍스트
의 표제시가 되리만큼 예시의 목적성을 삼제한 미학의 시
일 터이다. 이만큼이나 아름다운 해로가 시인 정재황에게
는 그의 평생에 걸친 반려와 시인으로서도 높고 깊은 강인
한 예술 정신을 견실하게 지녀오게 한 동반자의 아름다운
삶을 영위케 했으리라 그 반증이 되고도 남는 시들이다. 이
때문에 정재황 시에서는 작품을 목적시냐 순수시냐 따지
기 어렵다. 이와 같은 무경계의 창작 산물이 진정한 예술가
로서의 시인이 칭송에 겨운 법인 바, 정재황 시인이야말로
그 인격과 시가 위일융합의 삶이 되고 있다 하겠다. 특히
그는 참으로 진정성의 낙천적 삶과 시혼의 소유자임을 시

편마다 표상해 주고 있으니, 예시 ②의 애이불상哀而不傷한 아내 사랑은 이 시집 메타 텍스트《당신은 꽃》으로써 앞으로 영구히 빛나게 되었으며, 시인 정재황의 끊임없는 시심의 낙천주의를 꽃피울 터이다. 시 〈꽃이 나에게 말하네〉가 그 반증으로 손꼽히고 있다.

꽃이 나에게 말하네
웃으라
웃으라 하네
이 찬란한 봄날
하늘이 웃고
땅이 웃는 봄날
활짝 웃으라 하네

꽃이 나에게 말하네
웃으라 하네
흐려도 비와도
웃으라 하네
넘어져도 웃고
아파도 웃으라 하네

꽃이 나에게 말하네
웃으라

웃으라 하네
절벽에 매달린 꽃이
웃고 있네

- 〈꽃이 나에게 말하네〉 전문

　그렇구나(!) 정재황 시인에게 하늘이, 땅이, 꽃이, 날씨가
흐려도, 넘어져도, 아파도 절벽에 매달린 꽃처럼 웃으라 웃
으라고 낙천을 가르쳐 준 사람이 있다. 아니 사람이 아니라
그것은 시인이 '당신은 꽃'이라 가르쳐 준 이가 있었던 것
이다. "이 밤도 쉬지 않고 달리는/ 어느덧 녹이 슬어버린/
아내"였던 것이다. 그리하여 시인 정재황에게 '오래 된 편
지'가 발견되기도 한다.

서가에 잠자던
오래 된 편지가
입을 연다.

켜켜이 쌓인 먼지를 벗고
삼십 년 흐른 강을 넘어
가슴 깊이 잠자던
그리움을 깨운다.

희미한 불빛처럼

한 송이 백합으로 다가와
낭랑하게 울린다.

"보고 싶었어요!"

- 〈오래 된 편지〉 전문

이렇게 삼십 년 강물조차 넘어 가슴 깊이 잠자던 그리움을 깨우는 어느덧 녹이 슨 아내의 "보고 싶었어요!" ―이 얼마나 밤마다 코를 골며 잠자던 아내의 상큼한 사랑의 구원이란 말인가. 시인의 아내는 시인을 구원하였으며, 이제는 "아직도 속은 텅 비어/ 바람 불 때마다 흔들대는 허수아비"를 구원해 주고 있다는 것이다. 켜켜이 쌓인 먼지를 벗고 가슴 깊이 잠자던 그리움을 깨운다. 한 송이 백합으로 다가와 낭랑하게 울리는 아내의 구원의 목소리, 그것은 이제 머잖아 자연으로 돌아가야 할 시인에게도 진정으로 어여쁜 구원이 아니고 무엇이랴. 시인은 부모님 묘를 이장하는 무거운 심회조차 이렇게 홀가분히 떠나시게 할 수가 있을 터이다. 정재황 은유시 미학의 세련미 형상화에 다름 아니다.

가신 지 오랜만에 봄빛에 나오신
두 분의 고운 유골遺骨
깊은 잠에

고요하시다

흐른 세월만큼 은혜는 도타운데
번뇌를 벗은 몸이
새털처럼
가벼우시다

험한 고개를 넘던 거친 숨소리는
이미 기억의 저 편
서러울 틈도 없이 삭정이처럼 쉬 불사르고
희미한 입김마저 바람 속에 흩날려
이승의 종점을
홀가분히
떠나시다

한 점 구름은 저녁노을에 떠가고
멀리 뻐꾸기 울음소리 들리는데
침묵인 듯, 한 줌 잿빛으로 남아
긴 핏줄의 대열에
영원히
깃드시다

– 〈부모님을 배웅하며〉 전문

이 시의 메타포 시 자질은 예시답지 않게 이미지(납골묘 이장 전후 사실, fact)가 바로 사상(人倫)의 바탕이 되고 있는 바 예술시로 성취되고 있다 하겠다. 시인 정재황의 감동적인 사상과의 긴밀성 덕분이다. 부모님의 유골이 긴 핏줄의 대열에 영원히 깃드셨다는 우리 민족적 한 핏줄 인륜의식의 존귀성이 너무나 절절하게 형상화되고 있다. 예시의 은유 이미지는 시인의 마음과 의계 사이의 북(梭) 역할을 하여 시인의 사상의 천을 짜고 무늬를 놓아 그 무늬 속에서 가장 동떨어진 지식과 경험을 하나의 이미지로 되게 한다. 그 이미지는 재치 있고, 상상력이 풍부하고, 신성하고, 강요적이나 그것은 항상 강인한 이성에서 솟구치고, 깜짝 놀라게 하는 아름다운 미학이 따르는 놀라운 투시透視의 결과를 가져온다. 결국 기지機知와 놀라움과 주된 이성理性이 바탕이 되는 은유는 시인의 마음과 시인의 세계관과 그의 시의 성질에 적합한 자질이 된다. 정재황 시의 은유 정신은 이처럼 생중사生中死의 이원론을 하나로 통합하는 메타포 시정신의 통합에 있다. 분열이 아닌 융합의 시정신이야말로 아름다움의 극치로 가는 첨경이다. 엘리어트는 "나의 인생을 커피 스푼으로 되질했다"(I have measured out my life with coffee spoon)는 압축된 메타포 시를 썼듯 은유시의 생生과 사死를 일원론으로 보는 압축된 메타포 시의 불이정신不二精神으로써 그의 시정신詩精神은 높은 경지에 올랐다. 이에 못지않은 시인 정재황—.

내 삶이 비친
거울들

나를 고스란히
기억하는 녀석들

매일 매일
비닐봉지에 담겨

세상에서
사라진다.

– 〈쓰레기를 위하여〉 전문

　시인은 이렇게 "매일 매일/ 비닐봉지에 담겨// 세상에서/
사라"지는 것들에 일일이 그를 기억하라— 미련 따위 남겨
두지 않고(〈쓰레기를 위하여〉), "한 점 구름은 저녁노을에 떠
가고/ 멀리 뻐꾸기 울음소리 들리는데/ 침묵인 듯, 한 줌 잿
빛으로 남아/ 긴 핏줄의 대열에/ 영원히/ 깃드시는 혈연의
긴 핏줄의 대열에 영원히 깃드시"는(〈부모님을 배웅하며〉) 거
룩함에 동참할 수 있게 된 것이다. 그리하여 시인 정재황은
"이 강이 마르면 세상도 다한다는/ 갠지스 강/ …/ 아득한
과거에서 먼 미래로 가는/ …/ 삶과 죽음이 껴안고 가는
강"(〈갠지스 강변에서〉)에 이르렀으며, 마침내 생중사生中死

의 정점에 신神을 닮은 신神의 경지에 마주앉았다.

　　세상너머 높은 땅에서
　　마테호른을 만났다
　　구름 몇 점 떠가는 푸른 하늘에 우뚝 서서
　　나를 기다리고 있었다

　　그리운 아버지 같고 신령 같아
　　큰절을 올렸다
　　내 손을 잡아주는 그와 점심을 함께 하며
　　지난 얘기를 나누었다
　　크고 높은 그가
　　나를 꼭 껴안고 등을 두드려 주었다
　　"괜찮다, 괜찮다" 했다

　　내려오는 길
　　야생화가 가득한 초원은
　　그의 은총인 듯 아름다웠다
　　그는 내내 그윽한 눈빛으로
　　나를 지켜보고 있었다
　　내 등은 따스했고
　　가슴은 뿌듯하였다.

〈마테호른과 점심을 먹다〉 전문

　　시인 정재황은 마침내 지상에서 제일 고일高逸한 태도가
되어 신神처럼 아니 마테호른처럼 크고 높은 정신의 자세
가 되어 마침내 저 아득한 듯 그리운 "산골처녀 고운 자태
로 내게 다가와/ 나의 빈손을 잡아주었던/ 나의 빈손을 잡
아주었던 타지마할보다 저 아름다움의 미학美學이 되었
다." 그리하여 그 미美의 여신처럼 시인 정재황에게 영원히
아름다운 시신詩神, 시정신詩精神으로 오늘도 이 찬란하고도
영원히 사라지지 않을 한국 현대시의 새 마테호른의, "세
상에서 가장 아름다운 꽃에서/ 하얗게 잠자는 여인/ 계절
이 바뀌어도 꽃은 지지 않고/ 영원히 세월이 가도 사랑은
변치 않네." 시인 정재황의 오늘을 위하여 두메산골 어여
쁜 당신은 꽃, 영원한 꽃 타지마할 야무나 강가에 오늘의
빛나는 한국의 시인을 꽃피게 한, 빛나는 저녁 해/ 벤치에
앉아 책을 읽는 여인의 머리칼에 억새 하나로 핀 아름다움
과 인고의 강인함으로 꽃피운 타지마할Taj Mahal이 누구인
가. 이제 마침내 누구인가를 우리는 넉넉히 알고도 남았으
리라.

　　하늘에서 흘린 눈물 한 방울
　　제국의 가슴에 떨어져

꽃이 되었네

세상에서 가장 아름다운 꽃에서
하얗게 잠자는 여인

계절이 바뀌어도 꽃은 지지 않고
세월이 가도 사랑은 변치 않네

영원을 향한 간절한 눈빛
야무나 강에 은은하네

　　　*타지마할 : 인도 무굴제국의 황제 샤자한이 죽은 왕비를
　　추모하여 지은 궁전 무덤으로 야무나 강가에 있다.

　　　　　　　　　　　　　　　　　　　－〈타지마할Taj Mahal〉 전문

　　거듭 T. S. 엘리어트가 말한 시 한 문장, "나는 내 인생을
커피 스푼으로 되질했다"에는 그 장대한 세계적 시인의 한
인생을 응축(condensed)한 메타포가 스며있다. 우리의 탁월
성의 메타포 시 미학이 넘치고 있는 시인 정재황에게도 필
설에 넘치는 은유시 미학의 명절名節이 때로는 비단결처럼
은물결 치듯 북(梭)치고 넘실대니, 우리(독자)는 자못 그를
북돋아준 저 타지마할 어여쁜 커피 스푼 야무나 강가 시인
의 하얗게 잠자는 여인에게도 존숭의 허리 숙여 예배禮拜치
않을 수 있으랴.

당신은 꽃

지은이 / 정재황
펴낸이 / 김정희
펴낸곳 / **지구문학**

110-122, 서울시 종로구 종로17길 12, 215호(뉴파고다 빌딩)
전화 / (02)764-9679
팩스 / (02)764-7082

등록 / 제1-A2301호(1998. 3. 19)

초판발행일 / 2017년 5월 25일

ⓒ 2017 정재황 Printed in KOREA

값 9,000원

E-mail/jigumunhak@hanmail.net

※잘못된 책은 바꿔드립니다.
※저자와의 협약으로 인지는 생략합니다.

ISBN 978-89-89240-29-7 03810